# De Superhoofdprijs

Annie van Gansewinkel

# De Superhoofdprijs

tekeningen van Helen van Vliet



Zwijsen

Bollebooslogo, illustratie achterkant omslag en schutbladen: Gertie Jaquet

Boeken met dit vignet zijn op niveaubepaling geregistreerd en gecontroleerd door KPC Onderwijs Adviseurs te 's-Hertogenbosch.

5 6 7 8 / 07 06 05 04

ISBN 90.276.3990.6
NUGI 220



Voor België:
Uitgeverij Infoboek N.V. Meerhout
D/1998/1919/226

# Inhoud

# 1. De Superhoofdprijs

Wat is dat nou? Casper is overeind geschoten in zijn bed en hij is meteen klaarwakker. Een vreemd geluid beneden heeft hem wakker gemaakt.

Het zullen toch geen inbrekers zijn? Scherp luistert hij of hij nog iets hoort, maar er zijn alleen stemmen te horen. Dat zijn gewoon papa en mama, er is helemaal niets aan de hand. Hij kan weer rustig gaan slapen.

Maar dan hoort hij dat ze harder praten. Misschien zijn ze ruzie aan het maken.

'Wij maken nooit ruzie,' zei papa laatst, toen mama en hij weer eens ruzie hadden, 'wij hebben alleen een meningsverschil.'

'Maar je hoeft niet te schreeuwen en boos te kijken als mama iets anders vindt dan jijzelf,' had Casper gezegd.

'En toch is ruzie anders,' vond papa. Hij kan het maar moeilijk toegeven als hij ongelijk heeft. Dat is ook altijd zo als hij met mama ruzie - nee, een meningsverschil - heeft.

Het harde praten is nog steeds te horen, zodat Casper niet meer in slaap kan komen. Hij slingert zijn dekbed opzij en gaat naar de kamer van Iris.

Iris is al acht, meer dan een jaar ouder dan hij. Ze zit in groep vier en weet vast wat er aan de hand is.

'Iris, ik kan niet slapen. Weet jij wat er beneden aan de hand is, hebben papa en mama soms ruzie?'

'Je weet toch dat ze nooit ruzie hebben, een meningsverschil is héél anders,' grinnikt Iris. Meteen praat ze verder: 'Ik sliep nog niet en toen hoorde ik ineens een hele harde gil, van papa en mama tegelijk. Het klonk niet akelig, maar vreselijk blij. Zoals wij juichen als we ijsvrij krijgen of als we horen dat Oma Cadeaukoffer komt logeren.'

Casper kijkt zijn zusje aan en denkt even na: 'Zo blij zijn grote mensen bijna nooit.'

'Ze laten het in ieder geval niet zo goed merken,' weet Iris.

'Zullen we beneden gaan kijken?' stelt Casper voor. 'Misschien komt Oma Cadeaukoffer wel logeren.'

'Of we krijgen ijsvrij,' zegt Iris.

'Domoor, dat kan toch niet meer, volgende week is het al april,' sputtert Casper.

'Haha, je trapt erin,' lacht Iris.

Beledigd draait Casper zich om en hij loopt voor Iris uit de trap af. Bij de huiskamerdeur wacht hij op zijn zusje. Als ze de deur opendoen, springen papa en mama op van de bank waar ze zaten te zoenen.

'We hebben jullie natuurlijk wakker gejuicht,' roept mama met een blij gezicht.

'Maar we hebben dan ook groot nieuws,' meldt papa. 'Nu jullie toch wakker zijn, kunnen we het beter meteen vertellen.' Die woorden heeft hij kalm uitgesproken, maar ineens verandert zijn mond in één grote lach. Ook mama staat met haar hele gezicht te lachen: 'O, jongens, moet je horen, het is zo geweldig...'

Papa valt haar in de rede: 'We hadden nooit gedacht dat het ons zou overkomen. Je denkt dat alleen andere mensen altijd geluk hebben...'

'Maar wat is er dan, vertel het nou,' roept Iris, terwijl ze druk met beide armen zwaait.

'We zaten net televisie te kijken.'

Alsof dat zoiets bijzonders is, denkt Casper.

'Toen kwam de uitslag van de Goede-Doel-Loterij. We waren bijna vergeten dat we een lot hadden gekocht.'

Hij kijkt mama aan: 'Ik kan het nog steeds niet geloven.'

Iris en Casper beginnen te trippelen van ongeduld. Wanneer horen ze nou eindelijk wat er precies aan de hand is?

Maar eigenlijk heeft Iris het al geraden: 'En nu hebben jullie een prijs gewonnen.'

'Een prijs?' gilt mama. 'Dé prijs, we hebben dé prijs gewonnen: de Superhoofdprijs. We zijn rijk, we zijn stinkend rijk!'

Ze zwengelt als een wilde aan papa's arm. 'Sta daar niet zo kalm, Bert, we hebben de hoofdprijs.'

Nu lijkt papa het pas echt helemaal te snappen. Ineens storten papa en mama zich op Iris en Casper en ze brullen in hun oren: 'Rijk, stinkend rijk.'

Iris en Casper beginnen mee te zingen en dan dansen ze met zijn vieren als één grote bol blijheid door de huiskamer.

Als papa en mama hen na vijf minuten eindelijk loslaten, staan Casper en Iris er een ogenblik beduusd bij. De Superhoofdprijs, dat is vast enorm veel geld.

'Vijf miljoen euro,' roept mama, 'daar kun je fantastische dingen mee doen.'

Papa is in een stoel gevallen en mompelt voor zich uit: 'Vijf miljoen, het is niet te geloven.'

'Bert, het is echt waar,' zegt mama en ze wijst naar de televisie. Iris en Casper kunnen het nu ook zien, want de winnende getallen van de loterij staan inmiddels op Teletekst. Mama pakt het Superlot er nog eens bij en ze leest de cijfers een voor een voor alsof ze een dictee geeft. Iris en Casper kijken mee. Het getal klopt en in koeienletters staat er Superhoofdprijs boven.

'De Superhoofdprijs,' zingen Casper en Iris hard. Mama danst opnieuw met hen mee door de kamer.

'Marga, doe een beetje kalm, wat moeten de buren wel niet denken? De muren van deze huizen zijn zo dun, we horen bijna alles van elkaar. De buren hebben zeker last van dat gillen en dansen van ons, het is half elf.'

'Ze horen in ieder geval dat jullie geen ruzie, sorry, geen meningsverschil hebben,' lacht Iris.

Nu dringt het pas echt tot papa en mama door dat het al lang kinderbedtijd is.

'Half elf, het is de hoogste tijd. Wat moeten jullie juffen denken als jullie morgen slaperig in de klas zitten?'

'We kunnen toch uitleggen hoe dat komt,' antwoordt Iris. 'Wat zullen de kinderen blij zijn voor ons.'

'Ik hoop het,' zegt mama. 'Je moet niet raar opkijken als sommige kinderen heel jaloers op jullie worden. Of als ze denken dat jullie voortaan alles kunnen kopen. En nu roef... roef naar boven en slapen.'

Ze ziet aan het gezicht van Iris dat ze wil zeggen dat ze zeker niet kan slapen. Zo'n prijs win je natuurlijk niet elke dag.

Mama glimlacht: 'Probéér in ieder geval te slapen. Droom maar fijn van bergen geld.'

## 2. Stapels duizendjes

'Krijg ik nu een paard?' vroeg Casper toen mama hem instopte.

'Dat moeten we eerst goed bespreken,' had mama geantwoord.

Casper had alleen stilletjes gelachen. Dat klonk alvast een stuk beter dan het 'Nee, nee en nog eens nee' dat hij al jaren had gehoord op zijn vraag. Tevreden had hij zich omgedraaid en hij was als een blok in slaap gevallen.

Aan de glimlach op zijn gezicht is te zien dat hij van leuke dingen droomt. Vast en zeker van een eigen paard en misschien droomt hij ook over een grote garage boordevol met radiografisch bestuurbare auto's. Hij is helemaal gek van autootjes met afstandsbediening.

Iris, die even naar de slapende Casper is gaan kijken, sluipt terug naar haar eigen kamer. Ze weet zeker dat zij de hele nacht niet kan slapen.

Toen mama haar instopte, had Iris gevraagd: 'Krijg ik een hond? Als Casper een paard krijgt, mag ik natuurlijk een hond?'

'We zullen zien,' had mama gebromd. Met dit antwoord is Iris al tevreden. Het eeuwige antwoord is anders altijd: 'Nooit, ons huisje is veel te klein voor een hond.' Daarna komt soms het lange verhaal dat Iris van buiten kent. 'Wie moet hem verzorgen als je naar school bent? Wie laat hem uit als het donker, koud of nat is? Weet je wel voor hoeveel geld zo'n beest elke dag opeet, want je wilt natuurlijk geen lief schoothondje.'

Nee, Iris wil een échte hond. Een grote, lieve lobbes met lekker lang aaihaar, zoals Bobby van Oma Cadeaukoffer. Jammer genoeg zien ze die bijna nooit, want Oma Cadeaukoffer woont in Parijs.

'En wie zuigt die vele lange haren op van de vaste vloerbedekking?' Met die vraag besluit mama altijd haar meningsverschil met Iris over de hond.

Maar nu gaat mama hopelijk anders denken over een hond.

Misschien worden meer dingen anders.

'Nooit meer werken,' had papa uitgeroepen, en Iris snapt dat wel een beetje.

'Als we het geld niet nodig hadden, wist ik het wel,' zegt papa soms.

Iris weet dat hij vaak ruzie heeft met zijn nieuwe baas, of is dat ook alleen maar een meningsverschil? Vroeger ging papa altijd fluitend naar zijn werk en kwam hij fluitend thuis. Nu is hij 's morgens stil en gehaast en 's avonds is hij vaak mopperig.

'Wat ben je weer chagrijnig,' moppert mama dan weer.

'Dat snap je meteen als ik je straks vertel wat het opperhoofd vandaag verzonnen heeft,' antwoordt papa met een zuur gezicht. Daarna gaat hij ernstig voor zich uit zitten kijken.

Nu ze veel geld hebben gewonnen, hoeft papa niet meer te werken, nooit meer.

Vijf miljoen euro hebben papa en mama gewonnen,

dat is veel geld. 'Dat is een vijf met zes nullen,' had papa uitgelegd. Hij had het op een papiertje geschreven, dat nu naast het bed van Iris ligt.

Ze probeert zich in te denken hoe hoog een stapel is met vijf miljoen euro's. Zou hij in haar slaapkamer passen en hoe zwaar zou dat zijn? Haar spaarpot met zevenentwintig vijfjes is al loodzwaar. Stel je voor dat vijf miljoen euro's in haar kamer worden gelegd, stort de vloer dan in?

Casper had gevraagd of de mensen van de loterij dat geld met een vrachtwagen kwamen brengen. Papa en mama hadden gelachen: 'Nee, dat geld wordt op onze bankrekening gestort.'

Casper had hen vragend aangekeken, hij snapte er niets van.

Iris had het uitgelegd: 'Joh, dat is hetzelfde als op jouw kinderrekening van de bank. Jouw geld ligt daar echt niet op een stapeltje op jou te wachten tot je iets nodig hebt. De bank heeft opgeschreven hoeveel geld precies van jou is en zoveel krijg je dan als je het komt ophalen.'

'Dat heb je goed uitgelegd, Iris,' had papa gezegd.

Maar één ding wist Iris niet. 'Als jullie die vijf miljoen euro toch allemaal tegelijk in je handen willen hebben, kan dat dan?'

'We zullen van tevoren moeten bellen dat we het komen halen, maar het kan wel. Het geld is van onszelf. Wat zouden we met zoveel geld tegelijk moeten doen?' had papa gezegd. 'En als we het ophalen, willen we het natuurlijk niet in euro's, maar in papiergeld,' had hij eraan toegevoegd.

Iris ligt te bedenken dat papiergeld lang zoveel niet is als munten. Geen vrachtwagen vol, maar koffers vol. Hoeveel koffers zouden dat zijn?

Ze begint te rekenen. Ze kijkt naar het briefje naast haar bed, een vijf met zes nullen, en ze moet heel lang en heel diep nadenken.

Dan weet ze de uitkomst: het zijn vijfduizend briefjes van duizend euro. Dat zijn vele stapels duizendjes. Ze heeft pas één keer in haar leven een duizendje gezien.

Maar het kan natuurlijk ook in briefjes van honderd euro. Weer zet Iris het rekenmachientje in haar hoofd aan. Het werkt niet meer zo geweldig, ze is erg moe geworden. Toch ontdekt ze het antwoord: vijftigduizend briefjes van honderd euro, dat is een hele berg.

En hoeveel zou het in tientjes zijn? Iris kijkt opnieuw naar het briefje met de vele nullen. Maar de nullen beginnen te dansen in haar hoofd. Ze dansen, want het is feest. Ze dansen achter elkaar, zoals mensen op een bruiloftsfeest de polonaise dansen.

Dan blaast een vijfje op een fluitje en alle nullen zweven helemaal door elkaar. Het wordt een rommeltje in Iris' hoofd, maar wel een vrolijk rommeltje.

Ze zweeft weg op de nullen die ballonnen zijn geworden. Alles is zacht. Alsof ze in slaap gevallen is tegen de lange, zachte haren van de lieve lobbes die ze misschien eindelijk krijgt.

## 3. Rijkeluiskinderen

'En wat zeiden de kinderen in jullie klas van onze prijs?' vraagt papa aan tafel.

'Bij mij in de klas vonden ze het allemaal gaaf,' antwoordt Casper.

Iris denkt aan de kinderen uit haar eigen vier/vijfgroep en zegt: 'Bij mij deed Boudewijn uit groep vijf natuurlijk weer heel achterlijk. Hij begon meteen te roepen: "Rijke stinkerd, rijke stinkerd, kakker." Zelfs toen de juffrouw zei dat hij ermee op moest houden, hoorde ik hem af en toe fluisteren. Het kan me niet schelen, het is Boudewijn maar. Die doet altijd zo gek.

Er waren er ook een paar die het eerst niet wilden geloven. Ze dachten dat ik hen voor de gek hield. Ook de juffrouw wilde het niet meteen geloven. "Iris, je verzint het toch niet, hè?" vroeg ze. "Natuurlijk niet," zei ik toen. Ik vond haar maar stom.'

'Nou, ik kan me wel indenken dat ze dacht dat je het verzon. Jij verzint vaker dingen, en als het dan een keer echt gebeurt, geloven de mensen je niet meer,' zegt mama gewoontjes.

Iris kijkt haar boos aan, dadelijk krijgt ze nog een meningsverschil met mama.

Maar mama schiet in de lach: 'Ik plaag je alleen, meid. Bij mij op het werk waren er ook collega's die het eerst niet wilden geloven.'

'Ja, want jij verzint vaker dingen, dat komt ervan,'

zegt Iris meteen.

'Daar heb je onze wijsneus weer eens.' Mama klinkt een beetje streng, maar haar gezicht staat op glimlachen.

Papa begint te vertellen: 'Mijn baas zei: "Nou stop je zeker met werken." Ik dacht: dat zou best wel eens kunnen, maar ik gun je die lol nog niet. Ik heb dus alleen gezegd: "Zo gemakkelijk kom je niet van me af."' Papa lacht, al ziet zijn gezicht er eigenlijk helemaal niet vrolijk uit.

'Eén ding vind ik raar,' zegt Casper. Ze kijken hem alledrie aan. 'Na school vroeg Jimmy of ik bij hem thuis met zijn bouwdoos kwam spelen. Ik zei nee, want ik had er helemaal geen zin in. Weet je wat hij toen zei? 'Je wilt zeker niet meer met mij spelen, omdat jullie rijk zijn geworden?"

'Wat heb jij gezegd?' vraagt papa.

'Ik speel niet met jou, omdat ik er vanmiddag gewoon geen zin in heb en nu jij zo stom doet, zeker niet.'

'Dat heb je goed geantwoord. Jullie zullen de komende weken vaker merken dat mensen zich ineens anders tegen jullie gedragen. Sommigen zullen dat doen omdat ze jaloers zijn, anderen doen dat omdat ze denken dat rijke mensen anders zijn.

Maar wij zijn tussen gisteren en vandaag niet veranderd, we hebben alleen wat meer geld gekregen.'

Na het eten zitten Casper en Iris een hele tijd stilletjes te schrijven aan de tafel.

'Marga, kijk toch eens wat een ijverige kinderen wij hebben,' roept papa.

‘Nou en of, als ze ook altijd zo braaf hun huiswerk zullen maken, kunnen we tevreden zijn,’ lacht mama.

‘Ssjjjtt,’ sist Casper, terwijl hij op zijn pen kauwt en verder nadenkt.

Bijna tegelijk leggen Casper en Iris even later hun pennen neer. Iris staat op en loopt met haar papier naar papa en mama in de zithoek, Casper doet hetzelfde.

‘Papa, mama,’ kondigt Iris aan, ‘wij hebben een lijstje gemaakt van wat we graag willen hebben.’

‘Lijstje? Het is een hele waslijst als ik het zo zie,’ zegt papa, terwijl hij haar papier aanpakt.

Als mama het papier van Casper aanneemt, protesteert ze: ‘Het lijken wel verlanglijstjes voor Sinterklaas, alleen zijn wij Sinterklaas niet. Trouwens, het is al bijna april, het is helemaal geen cadeautjestijd.’

‘Maar de prijs is eigenlijk ook een beetje van ons,’ vindt Iris.

‘Wie zegt dat we dat geld meteen gaan uitgeven?’ wil mama weten.

‘Anders heb je er toch niets aan,’ vindt Casper.

‘We kunnen het bewaren voor later,’ bedenkt papa.

‘Later, later, later duurt nog veel te lang,’ roept Iris uit.

Papa en mama zeggen niets. Ze kijken lang op het papier, alsof ze het van buiten moeten leren.

Even later ruilen ze: papa krijgt de lijst van Casper, mama leest de lijst van Iris. Op elke lijst staat bovenaan met grote letters één woord.

‘Paard,’ mompelt papa.

‘Hond,’ mompelt mama.

‘Daar moeten we het over een tijdje maar een keer

PAARD
Hond

over hebben,' zegt mama, en papa knikt dat hij het daarmee eens is.

Maar er staat nog meer op de lijsten. Papa leest hardop: 'Een tentje, een verfdoos, een radiografisch bestuurbare Porsche 911 turbo gti, een helikopter, een takelwagen, allemaal radiografisch bestuurbaar. Natuurlijk spullen voor het paard, zoals zadel, rijkleding en een cap. Verder een hele rits computerspelletjes.'

Mama leest de lijst van Iris: 'Een hondenmand, leuke leesboeken, een beauty-farm voor mijn poppen. Een hele rits computerspelletjes (graag andere dan Casper) en als er nog wat geld overblijft: een zeilboot.'

Ineens bedenkt Iris dat papa en mama dat misschien niet goed begrijpen. Snel vult ze aan: 'Ik bedoel een echte, geen radiografisch bestuurbare. Hij hoeft niet meer dan één zeil te hebben.'

'Gelukkig maar één zeil, dat valt mee,' lacht papa half, maar hij kijkt ook een beetje streng.

'Jullie denken toch zeker niet serieus dat we jullie met zoveel cadeaus gaan overladen. Denk je eens in: als je alles zou krijgen, heb je niets meer te wensen.'

'Dan verzinnen we weer wat nieuws,' zegt Casper, maar Iris begrijpt wel een beetje wat papa bedoelt. 'Toch vind ik dat wij ook plezier mogen hebben van die prijs,' zegt Iris voorzichtig.

'Dat krijgen jullie heus,' antwoordt mama. Op ernstige toon gaat ze verder: 'Wij willen alleen niet dat jullie van die akelige rijkeluiskindjes worden.'

Casper en Iris schieten allebei tegelijk in de lach.

'Rijke luizen, wat zijn dat nu weer, heb je ook arme luizen?' lacht Casper.

'Zijn rijke luizen minder vervelend dan arme luizen?' giechelt Iris. 'Ik heb nog nooit een luis met een portemonnee gezien. Ik heb trouwens niet eens een arme luis gezien, ook niet toen we nog arm waren.'

'Wij zijn nooit arm geweest, Iris, en rijkeluiskinderen hebben niets met luizen te maken. Het zijn kinderen van rijkelui,' legt papa uit. 'Dat zijn jullie dus voortaan. Maar vaak bedoelen we daarmee dat het strontverwende kindertjes zijn. Wij willen niet dat jullie zo worden. Mama en ik hebben het er uitgebreid over gehad en wij vinden dat er eigenlijk niets moet veranderen voor jullie.

Of in ieder geval zo weinig mogelijk.'

## 4. De verhuizing

Zes weken later is er toch wel heel veel veranderd. 'Zwaai nog maar eens naar dat piepkleine huisje met dat pietepeuterige tuintje,' zegt mama tegen Iris en Casper.

Zwaaien naar een leeg huis, dat doe je niet, vindt Iris; en piepklein, dat is ook overdreven.

Ze draait zich meteen om en klimt in de auto. Casper zit al zeker vijf minuten voor in de enorme vrachtauto. Vanaf zijn hoge zitplaats kijkt hij genietend het straatje in en zwaait hij naar Jeroen, Marije en de andere kinderen uit de buurt.

'Tot maandag, op school,' roept hij door het raampje.

Vandaag hebben Casper en Iris vrij gekregen voor de verhuizing, morgen en overmorgen is het weekeinde.

Drie dagen om een beetje te wennen aan het nieuwe huis. Ze hebben het tot nu toe maar één keer gezien, het is allemaal zo snel gegaan.

De vorige keer dat ze het zagen, was het huis nog helemaal leeg. De laatste weken zijn er metselaars, timmerlui en schilders aan het werk geweest.

Casper herinnert zich alleen dat zijn kamer en die van Iris veel groter zijn dan in hun oude huis, maar alles in het nieuwe huis is groter. Het ligt midden in de bossen. Te voet naar school gaan is er niet meer bij. Als papa of mama hen een keer niet kunnen brengen, gaan ze gewoon met een taxi. 'Jullie zijn veel te klein om alleen met de fiets te gaan,' zeggen papa en mama.

Iris herinnert zich vooral de loeigrote tuin. Er zijn heuveltjes waar ze lekker op en af kan scheuren op haar mountainbike.

Als mama de pret tenminste niet bederft. 'Ik laat er een mooie siertuin aanleggen, waar ik heerlijk in kan tuinieren,' heeft ze al gezegd.

Maar, bedenkt Iris, dat betekent natuurlijk dat er keurige bloemperkjes komen waar we niet mogen lopen en zeker niet scheuren op een fiets. Dat vindt ze maar niets, een tuin is om in te spelen.

'Ja, we gaan,' juicht Casper als de chauffeur de motor start.

Allebei zwaaien ze naar papa en mama, die in hun eigen auto gestapt zijn. Gisteren nog twijfelde Casper even in welke auto hij zou meegaan. Met de verhuiswagen of met de spiksplinternieuwe auto die mama gisteren in de garage heeft opgehaald? Maar vanmorgen wist hij het zeker. 'Met onze nieuwe auto kan ik vaak genoeg, verhuizen doen we maar één keer.'

Heel precies volgt Casper wat de vrachtwagenchauffeur allemaal doet. Iris kijkt achterom door het ruitje naar de laadruimte. Ze ziet de stukken van haar bed, dat helemaal uit elkaar gehaald moest worden. Achterin ligt haar dekbed en daaronder staat een stapel speelkisten. De grote kamerplant schommelt gezellig mee bij elke bocht. Ze vindt het een vreemd idee, hun hele huis zit ingepakt in één vrachtwagen. Voor eventjes zijn ze slakken die hun eigen huis bij zich hebben.

Hun oude huis stond propvol met spullen, maar dat was niet genoeg om het nieuwe huis te vullen. Daarom hebben papa en mama ook veel nieuwe dingen gekocht, die meteen naar het nieuwe huis zijn gebracht. Casper en Iris hebben ze dus nog niet gezien.

Voor hun eigen kamer mogen ze gauw ook nieuwe spullen uitzoeken.

'Zo, we zijn er bijna,' zegt de chauffeur en hij begint te remmen.

'Nou al?' vraagt Casper, alsof hij hoopt dat de chauffeur zich vergist heeft.

'Ja, het is maar een kort ritje, jullie blijven per slot van rekening in dezelfde stad wonen. Er verandert eigenlijk niet erg veel,' is zijn idee.

'Nou...?' vraagt Iris zich af, terwijl ze naar het grote hek kijkt waarvoor ze stilstaan. Papa en mama zijn iets eerder aangekomen en papa maakt nu de poort open, zodat de vrachtwagen erin kan.

Aan het eind van het weggetje, verscholen tussen hoge bomen, ligt hun nieuwe huis. De tuin is zo groot dat ze de huizen van de buren niet eens kunnen zien.

Iris kijkt naar de heuveltjes. Zal ze aan de verhuizers vragen of ze meteen haar mountainbike willen uitladen? Of zal ze toch eerst gaan kijken hoe haar nieuwe kamer geworden is? Casper ziet aan de zijkant van het huis het grote terras met de trappen. Als hij daar een plank op legt, heeft hij een prachtige skate-helling. Of zal hij toch eerst naar zijn nieuwe kamer gaan kijken?

In hoog tempo beginnen de verhuizers opnieuw met het sjouwwerk. Terwijl Casper en Iris nog bij de vrachtwagen staan, komen de mannen voorbij met grote, stoere spullen, stapels dozen en kleine, breekbare spulletjes.

‘Willen jullie niet zien hoe mooi het binnen is geworden?’ vraagt papa.

‘Natuurlijk,’ roepen ze tegelijk en ze rennen naar binnen. Eerst hollen ze de trap op, naar hun eigen kamers.

‘Wow,’ zegt Casper als hij zijn deur openmaakt, ‘het lijkt wel een kasteelzaal. Die krijg ik niet vol met mijn speelgoed. Of krijg ik toch alle dingen van mijn verlanglijstje?’

‘Vlerk,’ glimlacht mama en ze woelt door zijn haar.

‘Wow,’ roept Iris en ze blijft staan in de deuropening van haar kamer. ‘Hier is wel plaats voor drie kinderen. Voortaan mogen er zeker vaak vriendinnetjes komen logeren.’

Mama antwoordt niet, want de verhuizers komen net aanlopen met spullen voor de kamers van Casper en Iris. ‘Jongens, willen jullie ons niet in de weg gaan staan?’ vraagt een van hen.

Casper en Iris schrikken er een beetje van, de chauffeur was veel aardiger.

‘Casper en Iris, jullie moeten de verhuizers niet voor de voeten lopen. Straks gebeuren er ongelukken. Gaan jullie maar in de tuin spelen, daar is ruimte genoeg.’

Zeg dat wel, het is echt een tuin om in te verdwalen, denkt Casper als ze samen naar buiten hollen.

‘Hier hoeven we ons niet te vervelen,’ roept Casper als hij in een boom klimt.

‘Nooit,’ zegt Iris en als een eekhoorn klimt ze achter hem aan.

## 5. Naar een andere school?

'Lobke is er vandaag niet,' vertelt juf Vera aan groep vier/vijf. 'Haar overgrootouders vieren hun diamanten bruiloft, ze zijn dus zestig jaar getrouwd. Jullie begrijpen dat dat een groot feest is voor de hele familie. Wie van jullie weet trouwens wat een diamant is?'

Bijna alle kinderen van groep vijf steken hun vinger op, maar ook een paar uit groep vier weten het antwoord.

'Ja Iris, zeg het maar.'

'Dat is een hele dure edelsteen.'

'Goed geantwoord,' prijst de juffrouw haar.

'Daar hebben ze bij Iris natuurlijk het hele huis mee vol liggen, hè Iris?' sneert Boudewijn.

De andere kinderen lachen, alleen Iris vindt het helemaal niet leuk. 'Je denkt zeker dat je leuk bent,' snauwt ze tegen Boudewijn.

'Jullie zijn toch rijke stinkerds. Jullie bulken van het geld en van de dure edelstenen. Kakkers.'

'Boudewijn, nu is het wel weer genoeg,' vindt de juffrouw.

Maar achter zich hoort Iris dat hij doorgaat met smiespelen en even later komt er een briefje op haar tafeltje terecht. Voorzichtig vouwt ze het open, de juffrouw mag het niet zien.

'Eten jullie thuis soms kakdiamanten?' staat er in het handschrift van Boudewijn. Hij heeft er een dampende edelsteen bij getekend in een poepbruine kleur.

Iris wordt het onderhand spuugzat. Elke dag heeft Boudewijn wat anders te mekkeren. Dat ze rijke stinkerds zijn, dat ze vast gouden drollen poepen en dat Iris voortaan koude kak is.

Meestal lukt het Iris om niet te laten merken dat ze boos wordt. Wat kan ze er trouwens tegen doen? Boudewijn is hartstikke groot, hij kijkt met gemak over haar heen. Hij laat in alles merken dat hij al negen is en in groep vijf zit.

Natuurlijk zitten er in de klas meer kinderen die jaloers zijn dat zij zomaar zo rijk zijn geworden. Maar die plagen alleen maar, ze pesten niet zoals Boudewijn.

De meeste kinderen vinden het gewoon leuk en willen graag komen spelen. Ze vinden het prachtig om het grote, nieuwe huis te zien.

Sommigen gaan extra hun best doen. Ze vragen liefjes of ze haar vriendinnetje mogen zijn, terwijl ze nooit met haar wilden spelen toen ze in de Van Bruggenstraat woonde.

Door haar gepieker hoort Iris maar half het verhaal dat de juffrouw voorleest over koning Floriaan, die zich stierlijk verveelde en het personeel van de hofhouding ging pesten.

Ze denkt aan papa, die ook veel tijd heeft. Nog voor de verhuizing is hij gestopt met werken. 'Ik heb genoeg van de meningsverschillen met mijn baas,' had hij uitgelegd.

'Als je maar niet denkt dat ik mijn werk ga opzeggen. Ik vind het veel te plezierig,' had mama meteen gezegd.

Papa is nu de hele dag thuis en dat is fijn. Anders had hij heel weinig tijd voor Iris en Casper, maar de laatste weken deden ze veel dingen samen. Zo heeft hij meegeholpen aan de boomhutten die Casper en Iris ieder in de tuin hebben gemaakt. Ze zijn prachtig geworden.

In de tuin staan volop bomen die met gemak een grote hut in hun stoere armen kunnen dragen. Bij elke hut staat een laddertje om erin te kunnen klimmen.

Casper heeft zijn hut helemaal anders ingericht dan Iris, maar ze gaan graag bij elkaar op bezoek. Ook de kinderen die komen spelen, zijn wild enthousiast van hun prachtige hutten.

Het is vandaag mooi weer. Dadelijk na school kunnen ze weer lekker in de tuin spelen.

De bel. Iedereen vliegt overeind. Iris ook, snel wegwezen.

Ze is te langzaam, want daar hoort ze de treiterige stem van Boudewijn al in haar oor. 'Ga maar gauw naar je kakpaleisje en nodig veel kinderen uit om te spelen, zodat ze allemaal kunnen zien hoe stinkend rijk jullie zijn.' Tot bij de kapstok volgt hij haar.

Terwijl ze haar jas aantrekt, gaat hij door. 'Als je maar niet denkt dat ik ooit bij jou kom spelen. Ik kijk wel uit, nooit van mijn leven.'

Iris staart hem stomverbaasd aan. Boudewijn bij haar komen spelen? Hoe komt hij op het idee? Geen haar op haar hoofd die eraan denkt om hem uit te nodigen.

Buiten bij de poort staat Casper te wachten.

'Is papa er nóg niet? Hij heeft toch tijd genoeg om op tijd te zijn,' moppert Iris. Casper knikt, maar zegt niets.

Iris kijkt hem vragend aan: ‘Hé Cas, wat is er aan de hand?’

‘Ach, de kinderen van mijn klas, waarom doen ze niet gewoon gewoon?’

Iris schiet in de lach. ‘Misschien omdat ze vinden dat wij niet meer gewoon gewoon zijn. Maar wat is er nou?’ vraagt ze er ernstig achteraan.

‘Stel je voor, ze stonden net ruzie met elkaar te maken over wie bij ons mocht komen spelen. En waarmee ze mochten spelen. Die wou op mijn skates, die wou met mijn auto’s spelen en die wou in onze bomen klimmen. Toen ik niks zei, begonnen ze bij mij te slijmen.

“Ik mag toch wel bij je komen spelen, Casper?”

“Ik ben toch altijd je beste vriend geweest?”

“Nee, dat is Jeroen,” zei ik, “en die is ziek.”

“Hè Casper, mag ik dan?” zeurde weer een ander.

Plotseling had ik er zo genoeg van. Ik heb gegild dat helemaal niemand mocht komen spelen.

Nou, plotseling vonden ze allemaal dat ik stom deed. Ik moest niet denken dat ik rijk was. Laatst had een familie wel twáálf miljoen gewonnen in een loterij. Rijke stinkerd, riepen ze nog en toen waren ze weg. Gelukkig.’

Maar Iris ziet dat hij er niet erg blij bij kijkt.

‘Papa zal wel gauw komen,’ probeert ze hem op te vrolijken.

Zwijgend stappen ze in als hij enkele minuten later voor de school stopt.

‘Hallo, hebben jullie het leuk gehad op school?’ vraagt hij opgewekt.

‘Nee,’ klinkt het op de achterbank. Als papa zegt:

'Vertel op,' beginnen ze eerst allebei door elkaar te praten, tot ze een voor een hun verhaal vertellen. Iris hoort hoe Casper half huilend praat en dan begint ze ook een beetje te huilen. Ze houden pas op als papa zegt: 'Misschien is het toch beter als jullie na de grote vakantie naar een andere school gaan. Die twee maandjes houden jullie wel vol.'

Ja, denkt Iris, nooit meer de pesterijen van Boudewijn.

Ja, denkt Casper, nooit meer dat gezeur en dat geslijm.

'De nieuwe school is bovendien een stuk dichter bij huis, zodat ik jullie niet meer hoef te brengen en te halen. Dat is voor mij prettig, maar vooral voor jullie is het plezierig dat jullie op een school komen waar meer rijke kinderen zitten.'

Casper vraagt: 'Welke school is het dan?' Iris is geschrokken, ze weet het antwoord eigenlijk al.

'De A.H.J. van Heemskerckschool,' antwoordt papa.

'Nee hè, toch niet naar de Van Heemskakschool, alsjeblieft niet, papa?' smeekt Iris. Bij hen op school noemen ze de school in de rijke buurt van de stad zo.

'Ik wil geen Heemskakker worden,' doet Casper nog een duit in het zakje.

'Denken jullie er eerst eens rustig over na,' zegt papa.

## 6. Alarm in de nacht

'Casper Kamps, kom jij voor de klas en laat je pen zien. Kijk, jongedames, jongeheren, Casper heeft slechts een zilveren pen. Jij kon toch weten, Casper, dat alle kinderen hier een gouden pen moeten hebben.'

Er komt een zware stem uit het grote hoofd boven het nachtzwarte kostuum. Casper zet een stap achteruit. Achter zich hoort hij de hele klas bulderen van het lachen. Er wordt geroepen: 'Geen goud, geen goud.' En daarna brullen ze in koor: 'Armoedzaaier, armoedzaaier.'

Casper staat klem tussen de enorme meester die op hem neerkijkt en de brullende klas achter hem. Hij wil naar de deur vluchten, maar die gaat net open en er komt een mevrouw binnen met een groot dienblad op haar rechterarm. 'De schoolmelk voor de boffertjes van de A.H.J. van Heemskerckschool, alstublieft,' en ze buigt diep voor de klas.

Op het dienblad staan dezelfde witte bekers als op de oude school. Casper wil er een beker afpakken, maar hij ziet dàt er geen gewone melk in zit.

'Het is gouden melk,' stamelt hij tegen de meester.

'Wat dacht je dan, zilveren melk?'

'Zilveren melk,' brult de klas en dan weer: 'Armoedzaaier.'

Casper proeft één slokje, spuugt het uit en fluistert: 'Ik lust geen gouden melk.'

‘Dat ben je aan je stand verplicht, dat wil zeggen: je moet,’ zegt de meester.

Hij grijpt Casper in zijn nek vast, pakt de beker en duwt die tegen zijn mond.

‘Ik wil niet, mama, ik wil niet,’ gilt hij.

‘Wat is er met je, Casper?’ De stem van mama is ineens vlakbij. Mama bevrijdt met één zinnetje Casper van de strakke hand van de meester, sleurt hem weg uit de schoolklas en brengt hem veilig thuis in zijn bed.

Daar ligt hij nu te snikken, van angst en van opluchting.

‘Het was gelukkig maar een droom,’ zegt mama als hij alles verteld heeft.

‘Maar de Van Heemskerckschool bestaat echt,’ snottert Casper. Papa is er intussen ook bij gekomen en mama vertelt kalm wat Casper droomde.

‘Jullie hoeven heus niet naar een nieuwe school als jullie niet willen,’ zegt papa. ‘Ga maar rustig slapen.’

Een aai, een zoen, een knuffel en Casper valt met een glimlach in slaap. Alles wordt weer rustig in huis.

Nog geen uur later vliegt Iris in haar bed overeind. Ze weet zeker dat ze beneden een raar geluid hoorde. Ze blijft even stilliggen. Ze hoort het nog, het lijkt wel of iemand staat te rammelen aan een deur.

Het huis is zo groot en er zijn ’s nachts zoveel geluiden die ze nog niet kent, maar ze weet bijna zeker dat het een inbreker is.

De slaapkamer van papa en mama is te ver weg, ze zullen haar toch niet horen. Ze moet dit alleen oplossen.

Maar ze durft niet, ze wil eigenlijk het liefst met haar hoofd onder het dekbed duiken. Zo'n dief kan heel gemeen worden als ze hem betrapt, zeker als hij een pistool bij zich heeft.

Ze zal heel voorzichtig zijn. Nu komen de sluipoefeningen die Marije en zij altijd doen, goed van pas. Vliegensvlug gaat ze haar bed uit, trekt haar sloffen aan en maakt haar kamerdeur open. Die piept gelukkig niet zoals de deuren in het oude huis. Alles in dit huis is prima in orde.

Maar in het oude huis zouden nooit inbrekers komen. Toen hadden ze nog niet zoveel dure spullen waar inbrekers dol op zijn.

Er zijn ook vast geen inbrekers, stelt ze zichzelf gerust. Ze hoort trouwens helemaal niets meer, beneden. Ze kijkt langs de trap naar beneden of er licht brandt op de benedenverdieping. Als ze het licht langs de trap aanknipt, luistert ze scherp.

Het blijft stil.

Tree voor tree gaat ze op haar tenen de trap af, de hal in. Gelukkig heeft ze genoeg aan het licht van de trap om alles in de hal te kunnen zien. Er beweegt niets.

Misschien staat de inbreker nog buiten. Ze duwt hard tegen het raampje naast de voordeur. Als de inbreker buiten bij de deur staat te morrelen, schrikt hij zich vast een ongeluk als het raam openschiet.

Het raampje klemt, maar ineens knalt het open.

Ta-die-ta-die-ta-die.

Iris zet het onmiddellijk op een lopen en holt de trap op naar boven. Daar botst ze tegen papa en mama op,

die naar beneden komen stormen. 'Een inbreker, voorzichtig, kom hier,' roept mama. Papa rent haar voorbij naar de voordeur.

Iris kan eerst alleen maar huilen. 'Ik heb alleen het raampje opengezet,' legt ze daarna uit. 'Ik wilde de inbreker aan het schrikken maken.'

'Er is geen inbreker en er was geen inbreker,' zegt papa, als hij terugkomt. 'Er is niets te zien, binnen niet en buiten ook niet. Het alarm ging juist loeien omdat jij het raampje openzette.'

Hij gaat bij haar en mama op de trap zitten. Iris bibbert helemaal van angst en opluchting.

'Wat zijn jullie hier aan het spoken?' roept Casper ineens boven aan de trap. 'Ik kan niet slapen van al jullie herrie,' klaagt hij.

'Kom er maar eventjes bij zitten,' wenkt mama.

'Wat een nacht,' bromt papa. Tegen Iris en Casper zegt hij: 'Willen jullie 's nachts voortaan alsjeblieft van de ramen afblijven, anders gaat de alarminstallatie weer op tilt. Ik wil 's nachts rustig slapen. Daar hebben we per slot van rekening trouwens zo'n alarm voor. Met een alarminstallatie kunnen inbrekers niet gemakkelijk binnenkomen.'

'Zo, en nu gaan we allemaal gewoon slapen,' stelt mama voor. 'Morgenochtend moeten jullie op school zijn.' Tegen papa zegt ze: 'Morgen om half negen staat dat huishoudmens voor de deur. Ik bedoel: dan komt mevrouw Joustra van de oppascentrale Toppas.'

Casper en Iris begrijpen niet waarom papa in de lach schiet. Eigenlijk zijn ze ook te moe om te vragen waarom papa lacht en over welke mevrouw mama het heeft.

## 7. Een vreemd mens

'Ze hebben het over ons,' fluistert Iris en ze wenkt Casper om bij de huiskamerdeur te komen luisteren. 'Moet je je voorstellen: papa en mama zeiden net tegen mevrouw Joustra dat ik altijd haantje-de-voorste wil zijn.'

'Dat is toch ook zo,' zegt Casper voorzichtig.

Iris knijpt hem in zijn arm, zodat hij bijna een gil geeft. Maar ze legt haar vinger op haar mond en beweegt haar andere arm om duidelijk te maken dat hij het niet moet proberen.

Casper houdt zijn oor tegen de deur.

'We hebben lieve kinderen, al mogen ze af en toe heus wel wat strenger worden aangepakt,' zegt mama.

'Maar kinderen zijn kinderen, mevrouw en meneer Kamps. Alleen als het echt nodig is, zal ik streng zijn. Ik heb deze week gemerkt dat ik goed met de kinderen kan opschieten.'

Iris denkt: zoveel hebben we niet met haar te maken gehad. Mevrouw Joustra zorgde voor het huishouden en verder is papa lekker veel thuis.

Nou ja, lekker veel, denkt Iris er meteen achteraan. Af en toe heeft hij wel erg veel tijd. Nu hij niet meer werkt, houdt hij alles thuis in de gaten. Of ze goed eten, of ze leuk spelen, of ze toevallig geen huiswerk hebben.

Soms lijkt hij zich ook te vervelen. Dan haalt hij

voor de zoveelste keer zijn nieuwe grasmaaier voor de dag. Als een koning zetelt papa op de grasmaaier en rijdt hij rondjes op het gazon, dat al mooi kort is voordat hij begint te maaien.

'Laat hem maar, het is zijn speeltje,' zei mama laatst.

Ze horen dat papa weer begint te praten. 'Wij begrijpen dat het geen probleem voor u is om volgende week overdag én 's nachts bij ons te zijn. Daarna werkt u weer gewoon de vaste tijden overdag.'

'Nee hoor, dat is geen enkel probleem voor mij.'

Casper en Iris kijken elkaar geschrokken aan.

'Ja, ziet u,' legt papa uit, 'mijn vrouw en ik hebben altijd al die reis naar Madagaskar willen maken. Nu krijgen we de kans om het te doen. Als wij een paar dagen weggaan, logeren de kinderen bij hun tante, maar deze keer is ze zelf met vakantie.'

'Mevrouw en meneer Kamps, u kunt met een gerust hart op vakantie,' klinkt het plechtig.

Casper en Iris horen stoelen schuiven over de parketvloer. Ze vluchten naar de keuken en stormen daarna de tuin in.

In de hut van Casper zitten ze een hele tijd een beetje voor zich uit te staren. 'Een hele week alleen opgescheept met zo'n vreemd mens...,' zucht Iris. Casper knikt alleen maar met een triest gezicht.

'Jullie gaan lekker op vakantie en wij zitten met dat mens.' Casper is boos als ze 's avonds aan tafel zitten. Papa en mama hebben net verteld dat ze een weekje op vakantie gaan en dat mevrouw Joustra voor hen zorgt en op hen past. Dag en nacht.

'Dat mens heet mevrouw Joustra, dat weet je, en ze zal goed voor jullie zorgen. Wij kunnen het ook niet helpen dat tante Jenny deze keer niet kon. Mevrouw Joustra is trouwens niet vreemd meer, ze is hier al bijna een week,' zegt mama.

'Maar dan zijn jullie in ieder geval in de buurt.' Caspers stem klinkt een beetje bang.

'Jij vond haar gisteren ook een bemoeial,' brengt Iris mama in herinnering. 'Jij vond zelf dat ze zich niet moest bemoeien met hoe jij soep maakt. Daar klaagde je nog over tegen papa, dat heb ik zelf gehoord.'

Het is net of mama aan de binnenkant zucht. Ze kijkt papa aan, maar ze houdt haar mond.

Papa zegt: 'Dat is logisch, we hebben allemaal onze eigen manier van werken.'

'Daarom moet ze zich er ook niet mee bemoeien,' flapt mama er wat bozig uit. Meteen lijkt ze er spijt van te hebben en ze voegt eraan toe: 'Mevrouw Joustra bedoelt het goed. Wie wil er nog een toet?'

'Dat rijmt,' lacht Casper en allemaal lachen ze mee. Iedereen is weer vrolijk en de volgende week is nog vier verre dagen weg.

## 8. Achter slot en grendel

'Casper, pak gauw de sleutel,' fluistert Iris en Casper haalt de sleutel uit het sleutelgat. Samen trekken ze de deur van de kelder dicht en draaien de sleutel aan de buitenkant om.

Op hetzelfde moment horen ze een gil: 'Nee! Wat doen jullie nou? Laat me eruit, ik wil dat jullie me er onmiddellijk uithalen, vlerken.'

Casper en Iris lachen alleen en hollen naar buiten, waar ze even stilstaan. 'Zo, die hebben we mooi te pakken,' glundert Casper.

'Het is haar verdiende loon, ze heeft ons al de hele week gepest,' roept Iris.

Ze kijken nogmaals om naar het huis. Daar in de kelder zit mevrouw Joustra veilig achter slot en grendel. Zes dagen heeft zij hun leven verpest, sinds papa en mama met hun koffers de deur uit stapten.

Er kwamen drie koffers van mevrouw Joustra voor in de plaats. Eén staat er onder de kapstok en elke dag als Iris en Casper uit school thuiskomen, zien ze de sticker op die koffer. 'Oppascentrale TOPPAS. Uw kinderen in uitstekende handen van geweldige opvoeders.'

Toen Casper en Iris de avond voor het vertrek van papa en mama moesten huilen, had mama gezegd: 'Mevrouw Joustra is een steengoede oppas, ze heeft zelfs aan de universiteit opvoedkunde gestudeerd. Die week oppas voor dag en nacht kost ons een kapitaal, maar we willen dat jullie in goede handen zijn en ook een fijne week hebben.'

Nou, fijne week! Niets fijne week. Toen papa en mama nog thuis waren, deed mevrouw Joustra wel vriendelijk. Nu komen ze erachter dat ze niet eens kan lachen. Met een gezicht als een oorwurm sloft ze door het huis. Als Iris en Casper zeggen dat ze ergens geen zin in hebben, beslist ze: 'Toch is het voor jullie opvoeding beter dat jullie ogenblikkelijk binnenkomen, je bord leegeten, naar bed gaan, je tanden minstens vijf minuten poetsen.' Ze zijn het beu. Zojuist zei mevrouw Joustra dat ze niet buiten mochten spelen, ze moeten een uur verplicht lezen. En net vandaag is het prachtig weer, nadat het een hele week geregend heeft.

Dus hebben ze samen dit plannetje bedacht. Ze hebben haar naar de kelder gelokt en daar zit ze nu. Door het kelderraampje horen ze af en toe een smekend geluid: 'Uit... uit...'

'Mevrouw Joustra, ga, ga, ga,' zingt Iris. Casper slaat dubbel van het lachen.

Dan beginnen ze als kangoeroes door de tuin te hupsen.

In een hoek van de tuin zijn tuinlieden vorige week bezig geweest om een vijver te graven. Door de regendagen lag het werk stil en in de enorme kuil staat een flinke plas water.

Casper laat zich van de heuvel zo het water in rollen, Iris doet hem na. Ze rollen om en om in de modderpoel, die een beetje stinkt.

'Nu zijn we echt stinkend rijk!' roept Iris. Ze hebben de grootste lol.

Tot ze ineens kwade kreten dichterbij horen komen: 'Iris, Casper, hier komen!'

'Daar heb je haar, ze is ontsnapt.' Casper kijkt geschrokken. Ook Iris is plotseling niet vrolijk meer. Ze zien wild zwaaiende armen en trappelende benen naderen.

Ze proberen zich zo klein mogelijk te maken, maar mevrouw Joustra heeft hen natuurlijk al gezien. 'Komen jullie hier als jullie durven, varkens zijn jullie.'

'Scharrelvarkens,' schatert Iris. Casper lacht zich een deuk.

Mevrouw Joustra draaft door: 'Hier komen, onmiddellijk.'

Maar Iris en Casper blijven stil zitten, ze weten niet meer hoe het verder moet.

Mevrouw Joustra stapt een stukje de vijver in en ze merkt niet eens dat haar schoenen vol water lopen. Ze begint aan Iris en Casper te sjorren: 'Eruit, meekomen, ongedierte!'

Dat klinkt niet erg netjes en opgevoed, denkt Iris, maar ze durft het niet hardop te zeggen. Mevrouw Joustra kijkt of ze hen met haar blote handen gaat wurgen.

Alsof ze zich op het laatste moment bedenkt, draait ze zich om: 'Kom mee, in bad jullie, straks vatten jullie kou.'

Iris en Casper snappen dat ze maar beter kunnen gehoorzamen. Stiekem lachend lopen ze achter mevrouw Joustra aan, terwijl ze met grote stappen naar binnen loopt. Het modderwater drijft over haar schoenen. Ze kijkt niet meer om.

❂

Een halfuurtje later komen Iris en Casper lekker schoongespoeld in de keuken.

Mevrouw Joustra sputtert: 'Jullie denken toch zeker niet dat ik iets lekkers voor jullie ga koken.'

Iris denkt aan de vijfgangenmaaltijden die ze deze week kregen. Urenlang zaten ze aan tafel, ze mochten niet praten onder het eten. Iris en Casper wisten eigenlijk ook niets tegen elkaar te zeggen met die vreemde mevrouw erbij. Dus staarden ze in stilte naar de borden, die eruitzagen als een schilderijtje.

Maar als Iris proefde, wist ze meteen weer dat schilderijtjes niet om op te eten zijn.

Casper en Iris kijken naar mevrouw Joustra, die met woeste gebaren melk en meel in een beslagkom mikt en er eieren boven klutst. Zien ze dat goed? Ze gluren naar elkaar. 'Ik flans voor jullie doodgewone pannenkoeken in elkaar. Voor zo'n vervelend stelletje sloof ik me niet meer uit.'

Casper en Iris zeggen geen stom woord. Ze weten dat ze niet moeten laten merken dat pannenkoeken eten helemaal geen straf is voor hen.

Pannenkoeken, wat een feest.

Maar morgen is het pas echt feest: dan komen papa en mama thuis!

Als Iris en Casper al om half zeven voor straf in hun bed liggen, horen ze de zoemer van de poort. Ze sluipen naar de overloop en zien hoe mevrouw Joustra even later de voordeur openmaakt.

Het eerste wat ze zien, is een bekende koffer.

'Oma Cadeaukoffer,' gillen ze tegelijk en dan stormen ze naar beneden. 'Wat doet u hier?' roept Iris.

'Ik was toch in Nederland om wat zaken te regelen en ik dacht: ik ga even langs om te zien hoe het gaat met mijn twee lieverdjes.'

Met zijn drieën dansen ze door de gang. Mevrouw Joustra staat te kijken alsof ze het allemaal maar aanstellerij vindt.

'Wat doen jullie eigenlijk zo belachelijk vroeg in jullie pyjama?' roept oma ineens uit.

'Dat zal ik u vertellen,' zegt mevrouw Joustra, terwijl ze oma's jas aanneemt en haar de kamer binnenlaat.

'We hebben straf,' fluistert Casper in oma's oor.

'Mijn lieverdjes hebben straf?' zegt oma met een stem alsof dat nooit kan gebeuren.

'Lieverdjes?' blaast mevrouw Joustra, 'monsters zijn het, ze hebben me opgesloten in de kelder. Overal zitten spinnen, het is er bijna helemaal donker. Door de spinnenwebben heen moest ik me een weg banen naar het kelderraampje, en op die manier ben ik naar buiten gekomen. Rijke kinderen horen zoiets niet te doen.'

'Ik weet zeker dat u nooit jong bent geweest,' zegt oma hoofdschuddend.

Iris ziet in haar hoofd een baby in de wieg liggen met het mantelpakje aan van mevrouw Joustra en ze schiet in de lach.

'Ziet u nou wat ik bedoel?' wijst mevrouw Joustra naar Iris.

'Nee, ik begrijp absoluut niet wat u bedoelt. Kinderen zijn het, kinderen, mevrouw Joustra.'

Alsof ze in één klap mevrouw Joustra vergeet, zegt oma: 'Jullie vragen je misschien af wat ik deze keer heb meegebracht in mijn cadeaukoffer.'

Casper en Iris willen ja knikken, maar bedenken meteen dat dat wel erg hebberig staat.

'Maar ik hoef geen Oma Cadeaukoffer meer voor jullie te zijn. Nu jullie plotseling rijk geworden zijn, hebben jullie zoveel. Jullie hebben toch alles al?'

Ze durven bijna niet nee te schudden, maar ze denken aan hun lange verlanglijsten. Nog bijna niets is ervan doorgestreept.

'Ja, we wonen in een groot huis, met een loeigrote tuin, en we hebben allebei onze eigen boomhut. Kom maar, gaat u mee kijken?' stelt Iris voor.

'Jullie zijn nu in pyjama. Dat doen we morgen.'

'Dus u blijft vannacht hier?' juicht Casper. Oma knikt. Meteen is het al veel minder erg dat de koffer van oma geen cadeaukoffer meer is.

'Maar ik heb wel een kleinigheidje meegebracht.'

Uit het pakje dat ze ieder krijgen, komt een T-shirt met een gedicht. 'Het is een gedicht van de grote schrijfster Annie M.G. Schmidt. Het klopt erg met vandaag,' grijnst oma naar mevrouw Joustra.

'Ik ben lekker stout,' leest Iris. Casper lacht ook als Iris het hele gedicht heeft voorgelezen. Allebei trekken ze het T-shirt over hun pyjama aan.

'Gaan jullie maar naar bed,' stelt oma voor. 'Ik kom jullie dadelijk nog wel instoppen.'

Iris gaat even bij Casper in bed liggen. Ze praten over alles wat er vandaag is gebeurd, tot ze beneden twee harde vrouwenstemmen horen. Ineens komt er iemand de trap opstormen en in een van de logeerkamers wordt met kastdeuren gegooid. Vlak daarna klinken er kalme voetstappen op de trap. Oma Cadeaukoffer komt de kamer van Casper binnen.

'Zo, dat is geregeld,' zegt ze tevreden. 'Dat vreselijke, ouderwetse mens pakt haar spullen en ze komt waarschijnlijk niet meer terug. Ik pas wel op jullie tot papa en mama terugkomen. Dat kan ik net zo goed.'

'Nee, veel beter,' roept Casper.

'Komt ze echt niet meer terug?' wil Iris weten.

'Ik denk het niet. Ik heb haar erg boos gemaakt en ik heb er helemaal geen spijt van. Misschien zijn jullie ouders boos dat ik me ermee bemoeid heb. Ze vinden vast dat ik stout ben geweest. Goed dan, ik ben ook lekker stout.'

Roebeldedoebel, klinkt het op de trap en dan slaat met een klap de voordeur dicht.

'Die is weg,' roepen ze alledrie tegelijk.

## 9. Lekker roetsjen

Casper staat boven aan de brede, lange trap en kijkt naar de mooie, lange trapleuning. Vanmorgen heeft hij gezien hoe een kamermeisje van het hotel de leuning weer glanzend als een spiegel heeft geboend.

Hij is op weg naar de eetzaal, waar ze dadelijk zullen dineren. Papa en mama zijn zich aan het verkleden en Iris wilde nog het einde van de tekenfilm zien op de Franse televisie.

'Mag ik alvast naar beneden?' had Casper gevraagd. 'Ik zal in de eetzaal netjes op jullie wachten aan onze eigen tafel, nummer zeventien.'

Papa en mama hadden enkele seconden geaarzeld.

'En ik zal beleefd goedendag zeggen. Bonjour, monsieur en bonjour, madame,' deed hij voor.

Goed, knikten papa en mama. 'We zijn binnen vijf minuten beneden,' zei mama.

En nu staat Casper boven aan de trap te kijken naar de chique hal van het deftige hotel. Kroonluchters met honderden lampjes, antieke meubels en daaronder zachte, dikke vloerbedekking, waarin hij bijna zijn enkels verzwikt.

Caspers ogen glijden langs de trap naar beneden. Hij kan hier echt maar op één manier naar beneden: over de trapleuning. Zo'n chique glijbaan komt hij anders nooit meer ergens tegen.

Hij klimt op de leuning en dan roetsjt hij razendsnel

naar beneden, bijna zo licht als een vogeltje. Dat gaat hij dadelijk nog een keer doen.

'Oh la la, monsieur.' Een meneer in een zwart uniform heeft Casper in zijn grote armen opgevangen en zet hem weer met beide benen op de grond. Casper staat te glunderen, maar de meneer kijkt ijzig.

'Dat was gaaf, Cas,' hoort hij Iris boven aan de trap roepen. Casper kijkt om en ziet hoe ze ook op de trapleuning wil klimmen.

'Iris, ben je helemaal gek geworden?' Mama duikt achter haar op, stuift op haar af en pakt haar beet. Dan pas ziet ze Casper beneden staan met naast zich de strenge hotelbediende. Natuurlijk raadt ze meteen wat er zojuist is gebeurd.

Mama heeft geen leuning nodig om snel beneden te komen. 'Casper toch, pardon monsieur,' zegt ze tegen de bediende. De man knikt stijfjes en loopt weg.

In de eetzaal gaan ze aan tafel zeventien zitten en als papa even later komt, krijgt hij het hele verhaal te horen.

'Boef!' zegt hij tegen Casper. 'Ik begrijp wel een beetje dat die leuning jou heel zacht toefluisterde: 'Kom maar, ik laat je fijn naar beneden roetsjen.' Maar in een vijfsterrenhotel kun je zoiets nu eenmaal niet doen.'

Casper haalt zijn schouders op. Hij weet zeker dat in een minder duur hotel niet zulke prachtige leuningen zijn.

'Hè, wat is dit genieten,' zucht mama. 'Zomaar lekker aan tafel aanschuiven, geen boodschappen doen, niet koken en wel verrukkelijk eten. Dit is echt vakantie.'

‘En dit schitterende hotel vlak aan het strand, waar je bij wijze van spreken zo vanuit je kamer de Middellandse Zee in kunt lopen,’ zegt papa.

‘Gisteren vond je nog dat ik niet in mijn badpak door het hotel mocht lopen om naar het strand te gaan,’ herinnert Iris zich.

‘Dat doe je nu eenmaal niet in zo’n luxe hotel. Daar gedraag je je keurig.’

‘Wat heb je dan aan al die sterren? Op de camping vorig jaar kon ik zo van de tent de zee in lopen,’ vindt Iris.

‘Ach ja, de tent,’ zegt papa, alsof hij het over iets ouderwets uit de Middeleeuwen heeft. ‘Altijd gedoe om hem op te zetten, de grond te zanderig of juist te rotsachtig, alle tentharingen kromgeslagen.’

‘En als het een dag regende, moest ik de hele tijd roepen: ‘Niet tegen het tentdoek leunen, anders gaat het weer lekken.’’ Mama trekt er een vies gezicht bij en ze gaat verder: ‘Dat smerige gedoe van een berg afwas in een piepklein teiltje met lauw sop. Hier hoeven we niet eens de afwas te doen, wat een weelde.’

Casper en Iris zeggen niets. Casper denkt aan mevrouw Joustra. Wat lijkt het al lang geleden dat ze in hun huis elk plezier wegboende. Tot Iris en hij haar hadden opgesloten in de kelder. Hij glimlacht. En toen kwam Oma Cadeaukoffer gelukkig, die haar wegboende alsof ze niet meer dan een viezig vlekje was.

Toen mevrouw Joustra de volgende dag papa en mama belde dat ze nooit meer terugkwam, was iedereen eigenlijk blij. Papa beloofde dat hij voortaan ook zou koken en opruimen, zodat er nooit meer een oppasmevrouw hoefde te komen.

Iris zit te denken aan Boudewijn, die lekker ver weg vanhier is. Wat zou hij pesten als hij haar hier zag zitten tussen al die rijke mensen met hun dure spullen.

'Ja, lekker vakantie,' zegt ze. Ze denkt aan de grote zeilboot waar ze gisteren een mooie tocht mee hebben gemaakt langs kleine eilanden en rotsen. Casper denkt aan de dure auto's die bij hun hotel af en aan rijden. Dat is nog eens iets anders dan zijn radiografisch bestuurbare sportautootjes.

'Vinden jullie het echt heerlijk hier?' vraagt papa, en hij kijkt hen een voor een scherp in de ogen. Ook mama let goed op wat ze gaan zeggen.

'Jawel,' antwoorden Casper en Iris tegelijk. Papa en mama blijven kijken.

'Maar gaan we nou nooit meer naar de camping?' wil Iris weten. 'Daar zijn tenminste andere kinderen om mee te spelen.'

'Ja, en je hoeft je er tenminste niet te gedragen,' zegt Casper erachteraan. 'Hier zit je veel meer binnen als de zon schijnt.'

'Misschien moeten we volgend jaar toch een keertje gaan kamperen,' begint papa voorzichtig. 'Dat zou ik zelf ook wel weer eens leuk vinden. 's Morgens op de fiets dampend vers stokbrood halen bij het dorpsbakkertje in het dal. De hele dag in de buitenlucht, er is niets heerlijkers in de zomer.'

Mama kijkt hem aan en zegt niets.

Casper en Iris joelen: 'Kamperen, ja gaaf.'

'Ik dacht dat jullie het wel spannend zouden vinden in zo'n prachtig hotel.' Mama kijkt een beetje treurig.

‘Het is best mooi.’ Iris praat langzaam: ‘En slapen in een hemelbed vind ik ook leuk.’

‘Gelukkig,’ zegt mama.

‘En roetsjen van de trapleuning, dat vind ik ook heel tof,’ fluistert Casper.

Papa en mama barsten in lachen uit.

# 10. De weg terug

'Het lijkt net of jullie niet blij zijn dat jullie weer thuis zijn. Geniet er nog maar even van, maandag moeten jullie weer naar school,' zegt mama.

Papa gaat verder: 'Mama heeft gelijk. Jullie hangen hier een beetje op de bank met een computerspelletje, of jullie niets beters te doen hebben.'

'Ik heb geen hond om mee te spelen,' klaagt Iris.

Nu lijkt mama boos te worden: 'Iris, begin alsjeblieft niet weer over die hond te zeuren. Voorlopig krijg je hem niet. Volgend jaar met je verjaardag zien we verder.'

'Ik bedoelde niet echt een hond, ik bedoel kinderen om mee te spelen, zoals in de Van Bruggenstraat. Daar waren altijd genoeg kinderen. Om straatcircus te doen, bijvoorbeeld.' Ze denkt aan de vakantie van vorig jaar, toen ze zelfs een echte circusvoorstelling hadden gemaakt voor hun vriendjes en hun ouders. Het leeuwennummer, het koorddansen, de zeeleeuwenshow en de clowns, prachtig vond iedereen het.

'Volgende week zie je ze allemaal weer op school en dan kunnen jullie samen spelen,' zegt papa.

Casper en Iris zeggen eerst allebei niets. Dan vraagt Casper aan papa en mama: 'Vinden jullie het wél leuk hier in dit nieuwe huis?'

Papa en mama blijven eerst een hele tijd stil; ze zitten na te denken. 'Ik moet nog erg wennen,' geeft mama toe.

‘Het huisje in de Van Bruggenstraat had eigenlijk ook wel wat gezelligs,’ zegt papa.

Iris zegt tegen mama: ‘Daarom reed jij vanmorgen pardoes de Van Bruggenstraat in toen we terugkwamen van Schiphol. Jij hebt heimwee.’

‘Onzin. Ik reed er automatisch in, omdat ik dat zo al heel veel jaren heb gedaan zonder erbij na te denken.’

Papa zit te grinniken: ‘Kunnen we niet...?’ Hij knikt met zijn hoofd naar buiten.

‘Terugverhuizen, bedoel je?’ vraagt mama. ‘Dan moeten we zeker weten dat we dit allemaal niet meer willen.’

Iris denkt aan haar prachtige kamer boven, aan de boomhut in de tuin en alle mountainbike-heuveltjes. Casper denkt aan zijn nieuwe spulletjes en vooral aan het paard dat hij misschien binnenkort voor zijn verjaardag krijgt.

Maar Iris denkt ook aan de Van Bruggenstraat. Ze ziet het spandoek al voor zich dat Marije en Jeroen zullen maken voor de dag dat ze terugverhuizen. ‘Welkom terug in de Van Bruggenstraat,’ zal erop staan.

‘Ik denk dat het huis al lang weer verhuurd is,’ zegt papa. ‘Maar we kunnen dadelijk op de terugweg na het boodschappendoen wel even langsrijden.’

‘Ja,’ juichen Iris en Casper allebei.

Het lijkt of de straat kleiner is geworden sinds ze verhuisd zijn. De huizen lijken ook veel kleiner en het is er akelig stil. Het is prachtig weer, maar er wordt geen circus gespeeld. Er wordt zelfs niet gewoon een balletje getrapt, er is geen kind en zelfs geen hond te zien. Moesten ze allemaal mee om boodschappen te doen?

Langzaam rijdt papa door de straat. Ze zijn bijna bij hun oude huis aangekomen. Op het raam zien ze een groot, geel aanplakbiljet. TE HUUR, staat erop, maar er zit een blauw papier dwars overheen geplakt. VERHUURD, staat erop. Papa stopt.

'Het kan niet meer,' mompelt Iris. Casper heeft het aanplakbiljet nog niet gelezen, dus papa zegt dat er nieuwe mensen komen wonen.

Op dat moment gaat de voordeur open. Iris en Casper schrikken allebei, Iris nog het meest. Want tot haar grote schrik komt een goede bekende van haar naar buiten. Ze kijkt recht in de pesterige ogen van Boudewijn. Of dat niet erg genoeg is, steekt hij ook zijn tong naar haar uit.

Ze verbergt haar gezicht in haar handen. Als Boudewijn ziet dat ze huilt, krijgt hij des te meer plezier. Papa kijkt verbaasd achterom naar Iris, die in tranen is, en Casper, die met een beteuterd gezicht naar het huis kijkt.

'Wie is die jongen?' vraagt papa, als ze naar huis rijden. Omdat Iris niets kan zeggen, doet Casper het woord voor haar. 'Dat is Boudewijn, dat weet je toch wel, dat is de grootste pester van de school. Hij roept altijd "rijke stinkerds" tegen ons.'

'Ik ben bang dat die Boudewijn in ons oude huis komt wonen,' zegt papa.

'Ja natuurlijk, waarom denk je anders dat Iris zo huilt?' vraagt Casper verontwaardigd, omdat papa het allemaal niet meteen doorhad.

Even later stoppen ze voor de poort. ‘Dit huis is toch veel mooier. Laat die Boudewijn maar wonen in ons oude huisje. Gun die jongen ook wat,’ zegt papa tegen Iris, die nog steeds snikt.

Maar Iris ziet alleen dat ene beeld voor zich: de triomfantelijke ogen van Boudewijn, zijn tong en hun gezellige huisje. Opnieuw begint ze te huilen. Er is geen weg terug naar hun oude huis.

## 11. Voor de gesloten poort

'Dag, tot morgen,' groet Casper, terwijl hij zijn hand opsteekt naar Jeroen, die met zijn moeder wegrijdt. Ze hebben hem net thuisgebracht van de manege.

Hij voelt zich blij, er is niets leukers dan paardrijden. Dit was de derde les en hij voelt zich al niet meer zo bang op het paard als bij de eerste les.

Wie weet, krijgt hij echt een eigen paard op zijn verjaardag. Dat duurt nog maar zes nachten slapen.

Terwijl hij staat te dromen, zoekt hij in zijn rugzak de magneetkaart om de poort open te maken. Al snel schiet hem te binnen dat hij die vast tussen zijn gymspullen op school heeft laten zitten.

Meteen na school is hij met Jeroen naar de manege gegaan.

Casper loopt naar de poort om te bellen. Hij drukt op de knop en kijkt naar de lens van het cameraatje naast de poort. Als het lampje brandt, wordt er een videobeeldje van hem naar binnen gestuurd. Papa of mama kunnen op een videoschermpje zien dat het Casper is en met één druk op de knop kunnen ze de poort laten openschuiven. Casper vindt het elke keer weer een wondertje.

Maar deze keer gebeurt het wonder niet, het lampje gaat niet branden. Casper drukt nog eens op de knop, er gebeurt helemaal niets. De poort blijft dicht en in de verte bij het huis ziet hij niemand. Roepen heeft dus geen zin.

Casper kijkt naar het hek, waar prikkeldraad boven zit. Daar kan hij echt niet overheen klimmen.

Hij gaat op de stoeprand zitten om een plan te bedenken.

Maar hij kan niets anders verzinnen dan wachten. Misschien zijn papa of mama weg en als ze straks thuiskomen, zien ze hem vanzelf. Of ze missen hem omdat hij niet op tijd is voor het avondeten en dan gaan ze hem zoeken. Als ze naar buiten komen, kan hij hen roepen. Hij kijkt weer een keer om, maar bij het huis is niets te zien of te horen.

Ze wonen in een saaie straat, papa en mama noemen het een rustige straat. Bijna nooit komt er een auto of een fiets voorbij. Kinderen zijn helemaal nergens te zien.

Het lijkt wel of Casper al uren zit te wachten als hij een geluid hoort. Langzaam komt een piepende fiets dichterbij. Een grote jongen op de fiets. Ineens wordt het duidelijk: Boudewijn. De grote, verschrikkelijke Boudewijn waar Iris zulke vreselijke verhalen over vertelt. De jongen die in hun fijne oude huis woont, terwijl Casper niet eens hun stomme nieuwe huis binnen kan.

Casper kan geen kant uit, niemand is in de buurt om hem te helpen. Terwijl papa of mama thuis zijn en niet weten dat hij hier in gevaar is. Casper probeert zich klein te maken, misschien rijdt Boudewijn dan voorbij.

Maar hij komt recht op hem af gefietst en remt pas op het laatste moment. Precies op tijd komt het voorwiel tot stilstand tegen Caspers schoenen. Casper zegt zachtjes in zichzelf: 'Hé, kun je niet uitkijken,' maar hij moet deze grote jongen niet boos maken. Die kijkt op hem neer en zegt: 'Hoi, rijk stinkerdje.'

Casper murmelt: 'Hoi.'

'Mag je niet binnen of is jullie huis niet groot genoeg?' vraagt de stem boven zijn hoofd. Casper durft niet op te kijken.

'Ik heb mijn magneetkaart op school laten liggen en de videocamera doet het niet of hij staat niet aan. Dus nou weten ze binnen niet dat ik hier buiten sta.'

'Arme ziel,' lacht Boudewijn. Gelukkig klinkt het niet echt onvriendelijk. Casper weet niet wat hij moet zeggen.

'Het is goed dat ik je zie, want ik kom voor jou,' zegt Boudewijn. Hij stapt af en laat de fiets tegen de stoeprand zakken.

Casper schrikt een beetje, hij heeft op school toch niets verkeerds gedaan tegen Boudewijn?

'Je hoeft niet zo bang te kijken. Wat heeft Iris eigenlijk allemaal voor vreselijks over mij geroddeld?'

'Niks,' jokt Casper, want hij mag Boudewijn vooral niet boos maken.

'Ben je soms boos, omdat wij in jullie oude huis wonen?'

Casper schudt nee.

'Jullie wonen hier toch veel mooier?'

Casper knikt ja.

Boudewijn komt naast hem op de stoeprand zitten. 'Wat is er dan?'

Casper denkt: ik ben een beetje boos, en een beetje

bang, eigenlijk een beetje veel bang. Maar hij zegt niets.

'Goed, ik ben gekomen om jou iets te brengen.'

Casper kijkt verbaasd opzij.

Boudewijn grijpt in de binnenzak van zijn jack.

Een mes, denkt Casper meteen. Er zijn al kinderen in de bovenbouw die een mes bij zich dragen. Hij schuift een stukje weg van Boudewijn.

'Deze is van jou, hè?' Boudewijn drukt hem een kaart in de handen. Het is zijn kaart met de foto van het winnende basketbalteam van de Nationale Kampioenschappen. 'Voor Casper' staat er op de achterkant en er staan een heel stel handtekeningen omheen. Casper is vorig jaar met zijn vader naar de wedstrijd geweest. Wat was het spannend en wat was hij trots op de kaart waar de spelers na de wedstrijd hun handtekeningen op hadden gezet. Hij had hem nog op school laten zien.

'Hoe kom jij aan die kaart?' vraagt hij voorzichtig aan Boudewijn.

'Hij lag achter in de muurkast op een slaapkamer, jouw kamer, denk ik. Gaaf hoor, die kaart. Ik ben ook een fan van die club.'

'Waarom heb je de kaart dan niet zelf gehouden?'

'Omdat hij van jou is.'

Zo simpel is het natuurlijk, maar dit is toch niet de grote, vreselijke Boudewijn? Iris heeft weer eens verschrikkelijk overdreven.

'Hoe vind je het in ons oude huis?' Hij is verwonderd over zichzelf dat hij zomaar met Boudewijn zit te praten. Toch lijkt het ook allemaal gewoon.

'Ik vind het een mooi huis.'

'Vind je het niet een beetje klein?'

'Jij weet niet in welk huis wij eerst woonden. Ken je de Bloemenbuurt? Nou, wij woonden in het kleinste, donkerste en vieste huis. Daarom was ik zo jaloers toen Iris vertelde dat jullie die prijs hadden gewonnen. En zeker toen jullie naar deze kakbuurt zouden verhuizen, waar alleen grote, mooie en schone huizen staan. Ik heb haar toch wel een beetje gemeen gepest.'

Casper zegt niets.

'Maar nu we in jullie oude huis wonen, ben ik niet meer jaloers. Ik zou niet willen ruilen. Er wonen fijn veel kinderen in de buurt.'

'Dus jij speelt lekker met Marije en Jeroen en de anderen?'

Boudewijn zegt niets. Casper kijkt hem aan tot er antwoord komt.

Langzaam begint Boudewijn te praten: 'Dat valt tegen, ze doen of ik lucht ben. Ze doen net of het mijn schuld is dat jullie verhuisd zijn. In ieder geval willen ze niet met mij spelen.'

'Ah joh, dat komt wel,' zegt Casper, terwijl hij Boudewijn enkele tikjes op zijn arm geeft.

Boudewijn haalt zijn schouders op alsof hij er niets van gelooft.

Ineens krijgt Casper een goed idee, hij moet het meteen vertellen. 'Weet je wat, Boudewijn, volgende week ben ik jarig. Kom je woensdagmiddag op mijn feest? Dan kun je meteen spelen met de kinderen uit de Van Bruggenstraat, want die komen ook allemaal.'

Boudewijn kijkt Casper aan met blije ogen, alsof hij

een mooi cadeau heeft gekregen.

'Meen je dat, mag dat echt? Ja, leuk!' Hij stamelt er een beetje van.

Casper knikt.

'Gaaf, joh,' zegt Boudewijn en meteen praat hij verder: 'Hoe lang moet jij hier nog zitten wachten?'

'Tot papa of mama me hier toevallig zien zitten.'

'Zullen we samen heel hard schreeuwen?' stelt Boudewijn voor.

'Dat horen ze toch niet, het huis is zo ver weg.'

'Weet je wat?' vraagt Boudewijn. 'Ik fiets razendsnel naar huis en ik bel op naar je vader of moeder dat je op de stoep zit te wachten, goed?'

'Dat is een geweldig idee.'

'Oké, ik ga gauw. Dan kun je tenminste snel naar binnen in plaats van hier als een armoedzaaiertje op de stoep te zitten. Dag, rijk stinkerdje.'

'Dag, bedankt voor de kaart en voor het bellen.'

'Nog bedankt voor jullie huis.' Boudewijn is op zijn fiets gestapt en rijdt keihard weg.

Leuke jongen, die Boudewijn, denkt Casper, terwijl hij hem nakijkt.

## 12. De huttenoorlog

'Laat mij eens zien.'

'Casper, ik wil hem ook bekijken.'

Casper staat verstopt in een kringetje van kinderen die allemaal tegelijk de foto willen zien. 'Wat mooi, wat lief, wat groot,' klinkt er.

Casper wordt zowat platgedrukt, het kan hem niet schelen. Voor de zoveelste keer vandaag kijkt hij naar de foto.

'In het echt is hij nog veel mooier en liever en groter,' zegt hij trots. Hij denkt aan de verrassing van een paar uur geleden toen papa en mama hem meteen na school naar de manege brachten.

'Kijk, Casper, daar staat je verjaardagscadeau.' Mama wees naar het paard in de buitenbak.

'Hij heet Hermes,' zei papa, terwijl Casper alleen maar het paard zag. Mooi donkerbruin met een grappige, witte streep midden over zijn voorhoofd.

Casper draait zich om en loopt met de foto naar de hoek van de kamer waar Boudewijn in zijn eentje staat. 'Heb jij hem al gezien?'

Boudewijn schudt nee. Trots laat Casper de foto zien. Bewonderend kijkt Boudewijn toe. 'Je mag wel een keertje mee naar de manege,' belooft Casper.

'Graag, al ben ik wel een beetje bang voor paarden,' antwoordt Boudewijn.

De grote Boudewijn bang voor iets? Dat kan Casper

zich niet voorstellen. 'Ik zal je wel leren hoe je met Hermes moet omgaan,' zegt hij.

Dan roept hij naar de andere kinderen: 'Kom, we gaan naar buiten, naar mijn boomhut.' 'Daar ligt wat te snoepen en te drinken voor ons.'

Hij holt naar buiten en de anderen hollen achter hem aan. Als ze bijna bij zijn hut zijn, komt Iris naast hem lopen. 'Ik neem de snoep en het drinken mee naar mijn hut. Marije en Jimmy willen niet bij jou in de hut, niemand wil dat trouwens. Had je maar niet zo stom moeten zijn om Boudewijn voor je feest uit te nodigen. Hij gaat natuurlijk alles verpesten, dus je houdt hem maar mooi in jouw hut.'

Ze holt hem voorbij, het trappetje op naar zijn hut, en met een paar volle zakken komt ze naar buiten. Ze dendert het trappetje weer af en roept naar de anderen: 'Kom maar, bij mij in de hut is het echt feest.'

Marije rent natuurlijk meteen achter haar aan en dan komt Jimmy. De andere kinderen blijven staan en kijken naar Casper, die beteuterd bij zijn hut staat. Ze zien ook Boudewijn, die naar Casper toe loopt. Een eindje verder is Iris al bij haar hut aangekomen en ze zwaait joelend met de zakken snoep.

Nu rennen er een paar kinderen naar haar hut. Maar Jeroen komt naar Casper en daarna volgt Saskia.

'Vooruit, ik wil je hut wel eens zien,' zegt Boudewijn, terwijl hij Casper voor zich uit de trap op duwt.

Boven aan de trap kijkt Casper om naar Iris, die alle andere kinderen bij haar hut verzameld heeft. Rotmeid, denkt hij, ik krijg je nog wel.

'Omdat wij maar met zijn vieren zijn, hebben wij lekker meer snoep,' troost Jeroen.

Casper kijkt rond. Er staan een heleboel pakjes frisdrank, maar er ligt nog maar één zakje chips. 'Nee, Iris heeft alle snoep meegenomen.'

'Weet je wat,' stelt Jeroen voor, 'we gaan de snoep terugveroveren.'

'Ja,' roept Saskia, maar Casper en Boudewijn zeggen niets.

'Ik sluip naar de hut en dan roof ik de snoep weg,' en verdwenen is Jeroen. Door het raampje kijken de drie achterblijvers hem na. Ze zien hoe hij zich af en toe achter struiken verbergt en daarna telkens een meter of tien verder loopt. De bewoners van de andere hut mogen hem niet zien. Jeroen gaat het trapje op en glipt de hut binnen. Bijna meteen komt hij weer buiten en met twee treden tegelijk stormt hij naar beneden.

Even later davert hij de hut van Casper binnen. Hijgend gooit hij een zakje lolly's op de grond. 'Dit is het enige,' hijgt hij.

Dan horen ze buiten geschreeuw. Ze loeren door het raampje. Alle kinderen komen gillend aanstormen, ze zwaaien wild met hun armen.

'Drinken, drinken, drinken,' schreeuwen ze.

'Zijn ze helemaal gek geworden?' roept Jeroen.

'Ze hebben alle snoep al,' zegt Saskia boos.

Casper zegt niets. Hij kijkt naar Boudewijn, die al negen is, weet die geen oplossing? Boudewijn zit er stil bij.

'Het komt allemaal door mij,' zegt hij dan. 'Omdat ik hier ben, is Iris boos. De andere kinderen willen ook

niet met mij spelen. Ik verpest alles, dat zei Iris toch. Deze huttenoorlog is mijn schuld.'

'Iris is gek,' zegt Casper. Hij staat op en grijpt een pakje drank. Dan gaat hij naar de deuropening. Even schrikt hij terug van al die kinderen die zijn hut willen aanvallen. Met een flinke zwaai slingert hij het pakje drank naar Iris. 'Hier heb je je drank,' zegt hij.

Vlak voor haar voeten spat het pakje uit elkaar. Haar schoenen zitten helemaal vol spetters. Boos bonkebonkt ze de trap op, Marije en Jaap vlak achter haar. Casper ziet nog net dat ook de andere kinderen aanstalten maken om naar boven te komen.

Wat moet hij hiertegen doen? Hij draait zich om en botst bijna tegen Boudewijn, die kalm zegt: 'Laat mij dit maar opknappen.'

## 13. De huttenvrede

Groot en breed staat Boudewijn voor haar. Niet alleen omdat hij een tree hoger staat, moet ze naar hem opkijken. Hij is toch al een stuk groter. En veel sterker is hij, dat kan Iris zo zien. Ze had haar vuisten al opgeheven, klaar om Casper opzij te duwen en de pakjes drank weg te halen. Achter zich hoorde ze de aanmoedigingskreten van haar huttenvolk.

Nu kan ze niet verder door deze reus, die vreselijke Boudewijn. Als hij maar niet denkt dat ze een stap terug doet. Hij moet niet menen dat ze bang voor hem is.

Ze meet de ruimte links en rechts naast hem. Hij staat kaarsrecht en midden voor de deuropening van de hut, ze kan er niet langs glippen.

Ze hoort alleen zichzelf hijgen, achter haar zijn de kinderen stil geworden. Ze zijn natuurlijk benieuwd wie hier gaat winnen.

'Iris.'

Ze kijkt ervan op hoe zacht Boudewijns stem klinkt. In zijn ogen is ook niets te bespeuren van moordzucht.

Maar ze geeft niet zomaar op. 'Ik moet de pakjes drank hebben.'

Ze hoort zelf hoe kattig het klinkt.

'Dan willen wij snoep terug.'

'Nee.'

'Iris, dat is toch niet eerlijk.'

'Dat kan me niet schelen. Casper doet stom en jij...'

Ze houdt haar mond, kijkt hem aan en weet ineens niet meer wat ze wilde zeggen. Er is ook zoveel te zeggen: jij pest me, je bent nu een vriendje van Casper, jij woont in ons oude huis.

Niet gaan huilen, zegt ze stilletjes tegen zichzelf. Dan heeft Boudewijn alleen maar meer lol.

Achter haar wordt het onrustig. Ze hoort Marije zeggen: 'Kom op, Iris, laat je niet kisten.'

'Drinken, drinken,' klinkt het eerst zachtjes, dan wordt het steeds harder.

'Geef hier, die drank,' roept Iris. Al haar kracht stopt ze in die ene grote stap naar voren.

Ze botst tegen een muur. Een muur die warm en zacht is, maar die toch niet opzij gaat.

'Iris, zo verpesten we het feest. Dat wil je toch niet?'

'Kan me niet schelen.'

'We moeten samen een oplossing bedenken.'

Iris weet dat Boudewijn gelijk heeft, maar ze wil niet dat hij gelijk heeft. Dat mag niet, want hij heeft al genoeg voor haar verpest.

'Doe niet zo akelig grote-mensenachtig.'

'Ruzie op een feest, dat kan toch niet.'

'Dit is geen ruzie, dit is oorlog.'

'Doe niet zo akelig kinderachtig.'

Iris weet niet hoe het komt dat ze in de lach schiet. Eigenlijk is het ook een beetje grappig, maar het is vooral erg spannend. Wat gebeurt er als ze dadelijk echt ruzie krijgen? Boudewijn is veel sterker en veel groter. Hij is heel dichtbij. Hij hoeft maar één duwtje te geven en dan stort ze van de ladder naar beneden.

Zal ze zeggen: 'Sorry, je hebt gelijk, het is geen ruzie. Het is maar een meningsverschil'?

Ze voelt zijn hand op haar schouder en meteen voelt ze ook dat er uit haar trui een rode kleur langs haar hals naar haar wangen kruipt.

'Iris, zullen we vrede sluiten?' vraagt Boudewijn zachtjes.

Ze zegt niets.

Hij haalt zijn hand van haar schouder en houdt hem open voor haar.

Alsof iemand anders haar hand beweegt, legt ze hem in zijn hand.

Rondom hen is het stil geworden.

'Wij brengen alle drank naar die struik, midden tussen de twee hutten. Dan brengen jullie alle snoep naar dezelfde plek. Daarna gaan we alles eerlijk verdelen, goed?'

Hij legt zijn andere hand op haar hand. Zij denkt nog een seconde, maar weer beweegt haar hand vanzelf. Ze legt haar andere hand op zijn hand.

Het eerst hoort ze Casper juichen, die achter Boudewijn verstopt staat: 'Nu wordt het echt feest.' Dan barst achter haar de groep in gejuich uit.

Verschrikt trekken zij en Boudewijn allebei tegelijk hun handen van elkaar.

## 14. Nog een mooi cadeau

'Casper, kom je eten, je feestmaal is klaar,' roept mama van beneden.

'Ja, ik kom,' schreeuwt Casper, terwijl hij het laatste stukje plakband op het cadeaupapier plakt. Tevreden kijkt hij naar het dunne pakje. Wat zal Boudewijn morgen verrast zijn met dit cadeautje.

Zojuist heeft Casper de kaart van het basketbalteam van zijn prikbord gehaald. Op de achterkant schreef hij erbij: voor Boudewijn, van Casper.

Boudewijn heeft wel een cadeautje verdiend. Door hem is het toch nog een mooi verjaardagsfeest geworden.

Voordat Casper zijn kamer uitloopt, streelt zijn hand langs de foto van Hermes. Morgen na school brengt papa Casper naar de manege. Dan krijgt hij de eerste les op zijn eigen paard.

'Zo, feestvarken, gaat u zitten,' zegt papa terwijl hij beleefd de feestelijk versierde stoel van Casper bij de tafel schuift.

'Gaaf was mijn feest,' zegt Casper ineens, terwijl hij zijn lievelingssoep eet.

'Maar jullie hebben hier ook heerlijk de ruimte. In het oude huis had je echt niet zoveel kinderen mogen uitnodigen. Vond jij het toch ook leuk, Iris?' vraagt mama.

'Ja hoor, heel leuk,' antwoordt Iris bijna automatisch.

'Je vond het van tevoren nog wel zo stom dat Casper Boudewijn had uitgenodigd.'

'Dat is over. Iris is nu zelfs verliefd op Boudewijn,' lacht Casper.

'Niet waar,' roept Iris en ze kijkt alsof ze met haar ogen zijn mond probeert dicht te plakken.

Maar Casper is jarig en mag dus eten en zeggen wat hij wil. 'Je was de hele tijd in zijn buurt. Het begon al toen je vlak bij hem stond boven aan de trap van mijn hut.'

'Dat was omdat we moesten praten...'

Over de ruzie, wil ze zeggen, maar ze slikt het in. Papa en mama hebben gelukkig niets gemerkt van de huttenoorlog. Toen papa na een poosje eens kwam kijken, hadden ze net de snoep en de drank verdeeld en waren ze wedstrijdjes aan het doen.

'... over de wedstrijden van mijn hut tegen Caspers hut,' zegt ze maar gauw.

'Ik vond het trouwens niet eerlijk dat Boudewijn bij jou in de wedstrijdgroep kwam,' sputtert Casper.

'Het ging toch niet om het winnen.'

'Nee, het ging om Boudewijn,' plaagt Casper.

Blosjes, blijf in mijn trui verborgen, sist Iris in stilte tegen de rode kleur, die opnieuw naar haar wangen wil kruipen.

'Genoeg geplaagd,' zegt papa gelukkig. 'Hé, we hebben nog een cadeautje. Het is niet alleen voor jou, Casper, maar ook voor jou, Iris, en eigenlijk voor ons allemaal.'

'Vertel dan, wat is het?' vraagt Casper.

'Wij denken dat het een mooie verrassing is.'

‘Zeg het gauw, alsjeblieft,’ smeekt Iris.

Papa begint te praten: ‘Oma Cadeaukoffer wil weer in Nederland komen wonen.’ Hij stopt even.

‘Joepie,’ juichen Casper en Iris allebei, want dan zal oma veel vaker op bezoek komen dan nu ze in Parijs woont.

‘Dat is nog niet alles,’ gaat papa verder. ‘Oma Cadeaukoffer komt hier nooit meer logeren.’

Casper en Iris kijken hem allebei met open mond en open ogen aan.

‘Nee, ze komt hier wonen.’

‘Wonen?’ vraagt Casper.

‘Joepiedejoepie,’ gilt Iris. Ze denkt aan oma, ze denkt aan Bobby. Zou die ook meekomen?

‘Het huis is eigenlijk toch een beetje te groot voor ons alleen. We laten het een beetje verbouwen, zodat oma helemaal haar eigen huisje heeft binnen in ons huis. Zo hoeft ze niet meer alleen te wonen, nu ze wat ouder wordt, en soms kan ze op jullie passen. Ze heeft er per slot van rekening zelf voor gezorgd dat mevrouw Joustra is opgestapt,’ lacht papa.

‘Wij zijn heel blij met deze oplossing,’ zegt mama, ‘en jullie ook, als ik jullie gezichten zie.’

De ogen van Iris en Casper glunderen zo dat hun monden geen antwoord meer hoeven te geven.

## 15. De cadeaukoffer

'Hé Bobby, waar ben je dan?' Iris draait om de witte pluizenbol heen, die daarna als een razende om haar heen begint te hollen. Af en toe springt hij bijna tegen haar op, als ze in haar handen klapt.

'Iris, je maakt dat beest helemaal wild,' zegt papa, terwijl hij voorbijkomt met een paar schemerlampen. En hij voegt eraan toe: 'Bobby heeft net de hele reis vanaf Parijs achter de rug.'

'Hij heeft dus lang genoeg stil moeten zitten in de auto,' antwoordt Iris.

'Wijsneus,' roept papa achterom. Hij botst ongeveer tegen een van de verhuizers aan, die naar de verhuiswagen op weg is.

Toet! Toet!

Iris schrikt op en ziet dan Casper lachend achter het stuur van de verhuiswagen zitten.

Ze loopt naar hem toe. 'Had je niet gedacht dat je nu weer in een verhuiswagen zou zitten. Onze eigen verhuizing is pas drie maanden geleden.'

'Toch vind ik het jammer dat ik niet mee kon rijden. Vanaf Parijs, dat is nog eens een echte verhuizing. Tussen de Van Bruggenstraat en hier, dat stelde toch niets voor,' zegt Casper terwijl hij uitstapt.

'Ondeugd, zat jij aan de toeter?' zegt oma, die net naar buiten komt. 'Herrieschoppertjes, ik kom voor een rustige oude dag bij jullie wonen.'

Casper en Iris kijken haar ernstig aan. Oma is toch niet zo oud? Dan barst oma in lachen uit: 'Jullie houden me eeuwig jong, hoop ik.'

'Mevrouw Kamps, waar moet deze koffer staan?'

'De cadeaukoffer,' zeggen Casper en Iris tegelijk. Nooit zal oma hem meer meebrengen, want hij zal er altijd zijn. Leeg, dat wel, maar ze hebben al zoveel.

Dit grote huis, de tuin met hun hutten, veel speelgoed, veel vriendjes, die vaak kunnen komen spelen en voortaan ook nog oma en Bobby.

Maar morgen ga ik lekker bij Boudewijn spelen, in ons oude huis in de Van Bruggenstraat, droomt Iris.

Overmorgen komt Boudewijn lekker hier logeren en spelen we de hele dag, denkt Casper. Als Iris hem tenminste niet weer inpikt.

'De koffer, mevrouw?' vraagt de verhuizer nog een keer.

'Onder de kapstok in de hal,' stelt Iris voor. 'Dan zien we hem meteen als we uit school thuiskomen. Net als anders denken we dan: ha, Oma Cadeaukoffer is er.'

'Ja,' knikt Casper.

'Goed,' knikt oma tegen de verhuizer.

'Vinden jullie het niet erg dat ik nooit meer cadeautjes voor jullie meebreng?' wil oma weten.

'Nee hoor, wat hadden we nou aan cadeautjes als u zelf telkens weer wegging?' zegt Iris.

Oma spreidt haar lange armen tot een groot, veilig huis. Daar gaan Casper en Iris even logeren. Ze krijgen een stevige knuffel: 'Jullie zijn mijn lieve, rijke stinkerdjes.'

## Bolleboos Plus

Een serie boeken voor kinderen van groep 4 die snel vorderen met lezen.

*In serie 1 zijn verschenen:*

1. Lieneke Dijkzeul: Een kameel met heimwee
2. Bies van Ede: Toverpoeder
3. Frank Herzen: Het landje achter de laatste flat
4. Henk Hokke: De fietsendief
5. Henk van Kerkwijk: De donder achterna
6. Truus van de Waarsenburg: Monster van de nacht

*In serie 2 zijn verschenen:*

1. Maria van Eeden: Pannenkoeken met mosterd
2. Annie van Gansewinkel: De Superhoofdprijs
3. Leonie Kooiker: Zet je heksenhoed op en *vlieg*!
4. Hans Petermeijer: De Zwarte Ridder
5. Gerard Tonen: Violet en de kinderen van de Giraffestraat (Een boek tegen verhuizen)
6. Roswitha Wiedijk: Een verre griezelreis

**Pannenkoeken met mosterd**

Liselore logeert bij tante Tato. Vandaag komt mama haar halen, maar ze blijft wel erg lang weg. En tante Tato moet de trein halen.

'Tato, ik kan toch wel alleen op mama wachten. Als je nu weggaat, haal je de trein gemakkelijk,' zegt Liselore.

Maar dan, als Tato weg is, belt mama op. Ze komt niet...

**Zet je heksenhoed op en *vlieg!***

Carolien wil naar het feest op school in een heksenpak. Daar hoort natuurlijk een echte heksenhoed bij en ook een takkenbezem.

Ze weet er zelf voor te zorgen, maar dan blijkt dat de hoed en de bezem veel echter zijn dan ze gedacht had. De echte heksen gaan zich ermee bemoeien en het wordt gevaarlijk.

### De Zwarte Ridder

Er is feest op kasteel Belgaarden. En bij een feest hoort natuurlijk een toernooi: de ridders strijden te paard om de gouden beker.
De vader van Kathelijne heeft al vele jaren achter elkaar het toernooi gewonnen. Maar dit keer doet ook de Zwarte Ridder mee en... wint.
Na het toernooi blijkt dat de Zwarte Ridder niet eerlijk heeft gestreden. Nu kan Kathelijne samen met haar vriendje Halewijn iets belangrijks voor haar vader doen.

### Violet en de kinderen van de Giraffestraat

*Een boek tegen verhuizen*

Violet woont in de leukste straat van Nederland: de Giraffestraat. Waarom het daar zo leuk is? Lees dit boek maar, dan weet je het.
Op een dag hoort Violet van haar ouders dat ze gaan verhuizen. Violet vindt dat vreselijk en de kinderen uit haar straat ook. Ze doen er alles aan om de verhuizing tegen te houden. Maar ja, als ouders iets in hun hoofd halen...